¡Despierta, Cangrejito!

Jonathan Fenske

ACORN
SCHOLASTIC INC.

P9-BIM-389

Para Floralei, mi compañera dibujante matutina.

Originally published in English as *Wake up, Crabby!*

Copyright © 2019 by Jonathan Fenske
Translation copyright © 2020 by Scholastic Inc.

All rights reserved. Published by Scholastic Inc., *Publishers since 1920*. SCHOLASTIC, ACORN, SCHOLASTIC EN ESPAÑOL, and associated logos are trademarks and/or registered trademarks of Scholastic Inc.

The publisher does not have any control over and does not assume any responsibility for author or third-party websites or their content.

No part of this publication may be reproduced, stored in a retrieval system, or transmitted in any form or by any means, electronic, mechanical, photocopying, recording, or otherwise, without written permission of the publisher. For information regarding permission, write to Scholastic Inc., Attention: Permissions Department, 557 Broadway, New York, NY 10012.

This book is a work of fiction. Names, characters, places, and incidents are either the product of the author's imagination or are used fictitiously, and any resemblance to actual persons, living or dead, business establishments, events, or locales is entirely coincidental.

ISBN 978-1-338-63103-6

10 9 8 7 6 5 4   23 24

Printed in China   62

First Spanish edition, 2020

Book design by Maria Mercado

La **marea** persiguiéndome.

La **arenilla** en las branquias.

La **espuma** en la cara.

2

Es suficiente para poner a un cangrejo **gruñón**.

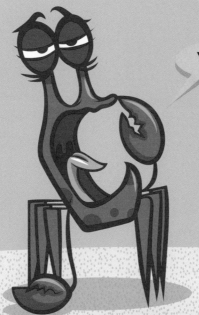

Y **soñoliento**.

ZZZZ ZZ ZZZ ZZ ZZ ZZ ZZ z

5

Está bien.

Espera.

¿Estás **seguro** de que tienes sueño?

Sí. Estoy seguro.

9

EL BAÑO

¡Oye, Cangrejito! ¡Acabo de tomar el **mejor** baño para dormir!

Yupi.

11

¿**Quieres** tomar un baño para dormir?

Vivimos en el océano. No **necesitamos** bañarnos.

Créeme. **Necesitas** un baño.

¿Quieres oler a **cangrejo apestoso**?

Noticia: **Soy** un cangrejo apestoso.

¿Y si fuera un baño de burbujas calentito?

Las criaturas marinas no deben **tomar** baños calentitos.

¿Por qué no?

Pregúntale a Langosta.

16

17

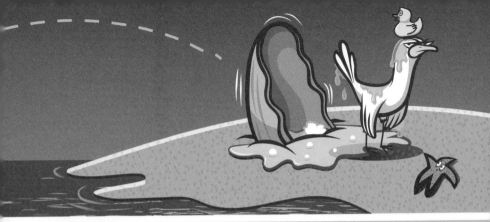

¡Terminé!

¡Vaya! ¡Eso fue rápido!

Espera.

¿**Dónde** está el baño?

21

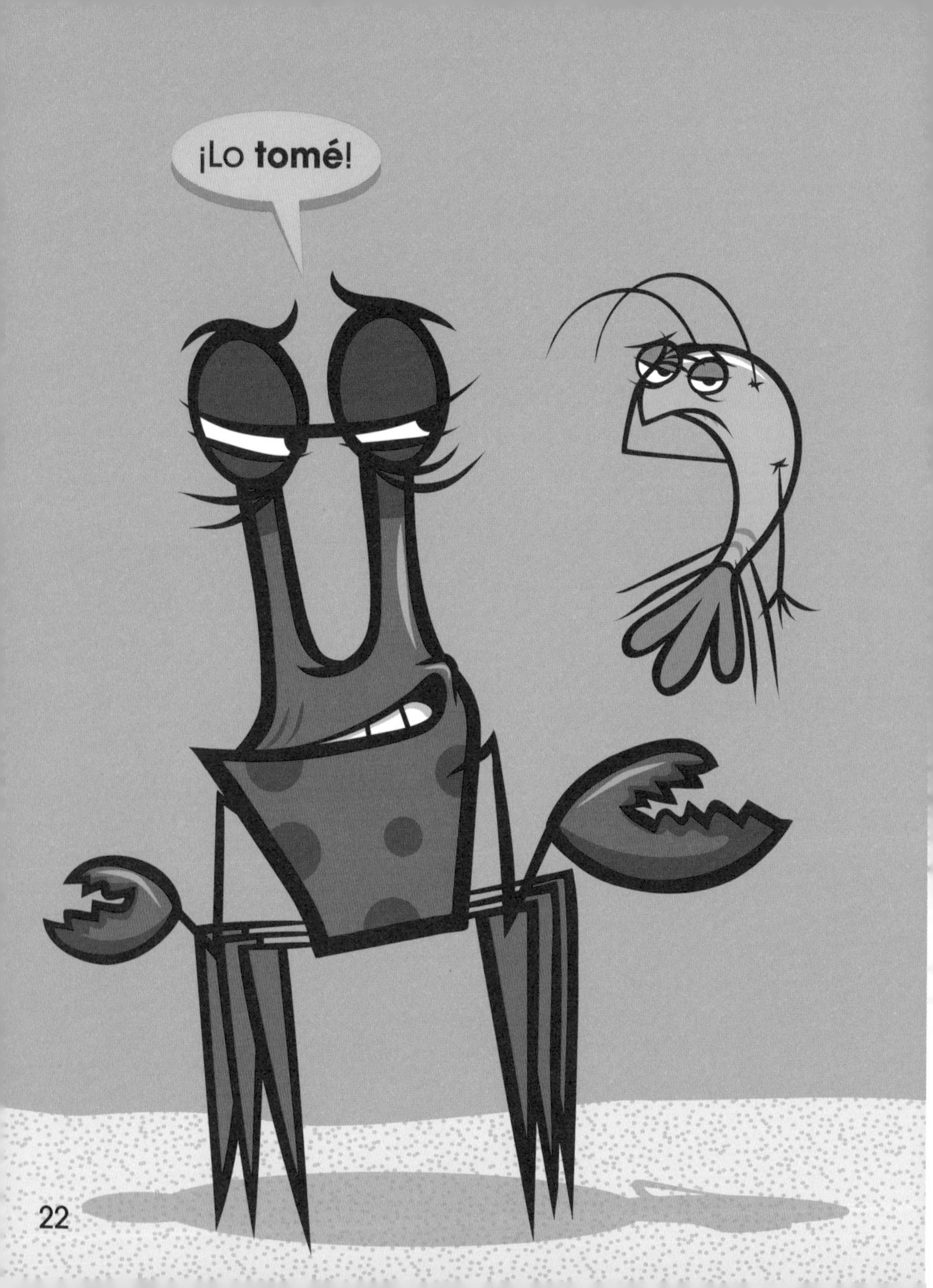
¡Lo **tomé**!

LA CANCIÓN

Humm.

25

¡Vaya! ¡Qué silencio!

Así mismo.

Cualquiera diría que hay **demasiado** silencio.

Está bien, Plancton. Ya sé. Quieres que te cante una nana para dormir.

¡Claro!

29

EL CUENTO

¡Oye, Cangrejito!
¿Me contarías un
cuento para dormir?

ARTE DEL
HUNDIMIENTO

Así que si te cuento un cuento, ¿te irías a dormir?

¡Sí!

ARTE DEL HUND

¿Me lo **prometes**?

Te lo prometo.

Entonces te contaré un cuento para dormir.

¡Yupi!

PAF

dos buenos amigos.

¿Tú y yo?

Se llamaban Ballena y Plancton.

Ah.

Lo hacían **todo** juntos.

¡Como tú y yo!

35

Se **saludaban** sobre las olas.

¡Hola!

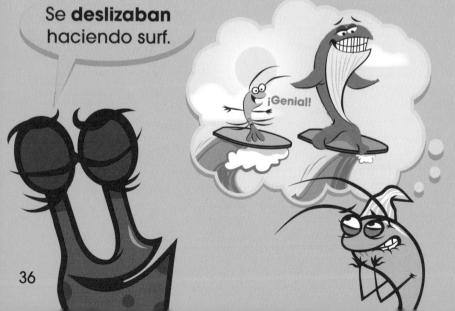

Se **deslizaban** haciendo surf.

¡Genial!

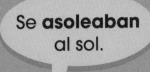

Se **asoleaban** al sol.

Qué rico.

Juntos la pasaban muy bien.

¡Hurra!

Hasta que a Ballena le dio hambre.

¡Pobre Ballena!

La barriga le comenzó a **retumbar**.

¡Hora de comer!

RRRRR RRRRR

La barriga le comenzó a **rugir**.

¡Denle comida a esa ballena!

GRRRR GRRRR

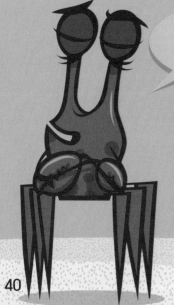

¿O sí?

Puede que sí, si tienen mucha, mucha hambre.

Glub.

Cangrejito, ¿**tienes** mucha, mucha hambre?

¡No, tonto! No tengo mucha, mucha hambre.

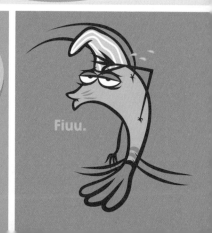

Fiuu.

Sobre el autor

Jonathan Fenske vive en Carolina del Sur con su familia. Nació en Florida, cerca del océano, ¡así que conoce bien la vida en la playa! Le gusta levantarse temprano y **le encantan** los baños de burbujas y los cuentos antes de irse a dormir.

Jonathan es el autor e ilustrador de varios libros infantiles, incluidos **Percebe está aburrido**, **Plancton es un pesado** (seleccionado por la Junior Library Guild) y el libro de LEGO® **I'm Fun, Too!** Uno de sus primeros libros, **A Pig, a Fox, and a Box**, obtuvo el premio honorífico Theodor Seuss Geisel.

ESTOS LIBROS NO SON GRACIOSOS.

Percebe está ABURRIDO

Jonathan Fenske

Plancton es un PESADO

Jonathan Fenske

¡TÚ PUEDES DIBUJAR A PATITO!

¡CUA!

1. Dibuja un ocho inclinado.

2. Conecta los círculos y dibuja el cuerpo y la cola del patito.

3. Añádele el pico y una pluma en la cabeza.

4. Borra las partes de los círculos en el interior del dibujo.

5. Dibuja un círculo con un punto para el ojo y tres líneas curvas para el ala.

6. ¡Colorea tu dibujo!

¡CUENTA TU PROPIO CUENTO!

A Plancton le gusta bañarse con Patito.

¿A **ti** te gusta bañarte?

¿Te gustan los baños con burbujas o sin burbujas?

¿Cuál es tu juguete preferido a la hora del baño?

¡Escribe y dibuja el cuento!

scholastic.com/acorn